ずっと まっていると

さく：大久保雨咲
え：高橋和枝

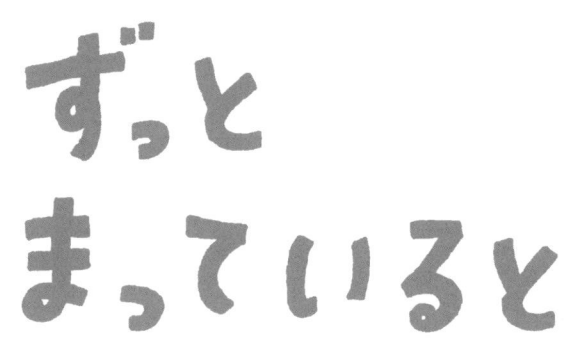

おじぞうさんの　まえに、三時半《さんじはん》。

あかねは　ミナちゃんと、あそぶ
やくそくをしていました。おじぞうさんの
ところで、三時半《さんじはん》に　あおうねって　言《い》ったのに。
ミナちゃんは　まだ　来《き》ません。
「あー。ミナちゃんは、いつも　おそいなあ」
あかねは、小《ちい》さな　声《こえ》で　言《い》いました。すると、

「まああ、ゆるりと　まちましょう」
ひくい、ひくーい　声《こえ》が　聞《き》こえました。まるで
水《みず》の　なかで　こぷこぷと　いきの　玉《たま》を
はきだすような、ふしぎな　声《こえ》でした。でも、
まわりには　だれも　いません。あかねは　気《き》の
せいかな、と　おもいました。
「ミナちゃん、まだーっ？」
あかねは、さっきよりも　大《おお》きな　声《こえ》で
言《い》って、地面《じめん》を　ダンダン！　と
ふみつけました。

「ぐわっ！　あぶない！」

あかねは　声《こえ》に　おどろいて、足《あし》もとを　見《み》ました。カエルが　一《いっ》ぴき、おこったように　口《くち》を　ぱっかりと　あけて、あかねを　見《み》あげて　います。

「うっかり　命《いのち》を　おとす　ところだった！」
カエルは　ギョロリと　あかねを　にらんで、
ひたひたと　石《いし》の　かげに　かくれました。
「ごめんなさい。気《き》が　つかなくて」
「地面《じめん》を　ふみつける　ときは、あたりに　気《き》を
くばるべきです」
石《いし》の　かげで、ぶつぶつと　カエルは
おこっています。

ミナちゃんは　来《こ》ないし、カエルを
ふみつけそうになるし、あかねは　きゅうに
気持《きも》ちが　しゅるしゅると　しぼんでいくような
気《き》が　しました。

「ふうー」
あかねは、大《おお》きな　ためいきを　ついて、
おじぞうさんの　となりに　ペタリと
すわりました。地面《じめん》に　じろじろと　絵《え》を
かきはじめると、カエルが　話《はな》しかけてきました。

「あなた、だれかを　まっているんでしょう？」
「うん。ともだちを　まっているの。どうして
わかるの？」
「なにかを　まっている　人《ひと》と　いうのは、すぐに
わかります」
カエルは、石《いし》の　かげから　もそもそと
出《で》てくると、
「わたしも　ずっと　ここで　まっているので」
と　言《い》いました。

「ふうん。そうなんだ。ともだち？」

「まあ、そうですね。そのような　ものです」

あかねは　それを　聞《き》くと、わざと
こまったように　ためいきを　ついてみせました。

「じゃあ、わたしたち　いっしょね。

まちぼうけなんだわ。時間《じかん》に　ルーズな
ともだちを　もつと　たいへんよね」

「おやおや。まつのは　きらいですか？」

カエルは　おどろいた　ようすです。

「きらいよ。だって、たいくつでしょう？」

「いえいえ、なかなか　いい　ものですよ。
こうして　ずっと　まっていると……」

そこへ、ぶうーんと　虫《むし》が　一《いっ》ぴき
とんできました。カエルは　びゅん！　と
とびだして　みごとに　虫《むし》を　つかまえると、
ごくりと　のみこみました。

「ほら。こんな　いい　こともある」

カエルは、ぺろっと　舌《した》を　出《だ》しました。

「あなたも、口《くち》を　あーんと
あけてごらんなさい。虫《むし》の　一《いっ》ぴきも
入《はい》ってくるかも　しれませんよ」
あかねは、すっかり　あきれてしまいました。
「いやよ。わたし、虫《むし》は　あまり
すきじゃないの」
「おやおや、これは　しつれい。カエルな
もので、どうしても　虫《むし》には　目《め》が　なくて。
ええと、なんの　話《はなし》でしたっけ？」
「こうして　ずっと　まっていると？」

「そうそう。こうして　だれかの　ことを
まっていると、あいたい　気《き》持《も》ちが　ふくふくと
ふくらんで、なんとも　しあわせな
気《き》持《も》ちになるんです」
「そうかしら？」
あかねは、ちょっと
びっくりしました。だれだって、あいたい

人《ひと》には　はやく　あいたいに　きまっています。
「わたしは、まつのは　大《だい》きらい。もう　十分《じっぷん》も
まっているの。はやく　ミナちゃんに　あって、
はやく　あそびたい！」
「ぐわっはははは」
カエルが　ふきだすように　笑《わら》いました。

「じゃあ、あなたは　どれくらい
まっているの？」
あかねは　ムッとして、おこった　声《こえ》で
聞《き》きました。
「ええと、そうですね。太陽《たいよう》が　のぼるのを
三《さん》かい　見《み》たから、もう　三日《みっか》めに　なります」
「三日《みっか》！」
「なあに。三日《みっか》なんて、たいした　ことじゃ
ありませんよ」
カエルは　すまして　すわっています。

おこらないで、まだ　まっているなんて、
なんて　気《き》の　長《なが》い　カエルだろう、
と　あかねは　おもいました。
（わたしなら、とっくに　帰《かえ》っちゃうな）

1.

2.

3.

あかねは、カエルに　なった　じぶんを
そうぞうしてみました。目《め》を　つむると、太陽《たいよう》が
しずんで、夜《よる》の　やみが　広《ひろ》がりました。
見《み》えるのは　月《つき》と　星《ほし》ばかりです。
「くわっ」
あかねは、小《ちい》さく　ないてみました。
ともだちは　ちっとも　来《き》ません。

「くわっ、くわっ。はやくきてー」

こんどは、ちょっと　大《おお》きな　声《こえ》を出《だ》してみましたが、だれも　こたえてはくれません。まるで、夜《よる》が　あかねの　声《こえ》をのみこんでしまったみたい。なんだか、世界中《せかいじゅう》で　一人《ひとり》ぼっちの　ような　気《き》がしてきました。

あかねは　ぶんぶんと　首《くび》を　ふって、目《め》を　あけました。まぶしい　光《ひかり》が、わっと　おしよせてきます。

いったい　カエルは、いままで　どんな
気持《きも》ちで　まっていたんだろう。
あかねは、カエルの　ことが　しんぱいに
なってきました。ほんとうに　ともだちは
来《く》るのかな。もし、このまま　来《こ》なかったら……。
そう　おもったら、あかねは　きゅうに　心《こころ》ぼそく
なってきました。足《あし》もとを　見《み》ると、カエルが
あかねを　見上《みあ》げて、目《め》を　ほそめています。
「なあに、だいじょうぶです。気持《きも》ちは
ちゃんと、まち人《びと》へ　通《つう》じるものですから」

あかねは、心《こころ》の　なかを　読《よ》まれたような
気《き》がして、どきっとしました。

あかねは、どうしても　カエルに
聞《き》いてみたくなりました。
「ねえ。どうやったら　三日《みっか》も　まてるの」
「その　人《ひと》の　ことを　考《かんが》えていたら、時間《じかん》なんて
あっという　間《ま》に　すぎますよ」
「たとえば？」
「たとえば、あなたの　まっている　ともだちの
ことを　おしえてください」
「ミナちゃんの　こと？」
「はい」

「うーん。ミナちゃんは、
長《なが》い　かみの毛《け》を
三《み》つあみに　してくると
おもう」
あかねは、目《め》を　とじて
おもいうかべました。

ミナちゃんは、さいきん　三《み》つあみに
こっています。朝《あさ》ねぼうだから、学校《がっこう》に　来《く》る
ときには　いつも　一《ひと》つに
むすんでいるけれど、じつは　まいばん、
じょうずな　三《み》つあみの　ほうほうを
けんきゅうしているのです。
「もしかしたら、三《み》つあみを　ていねいに
あみすぎて、おそく　なっているのかも
しれないなあ」
あかねは、ゆっくりと　目《め》を　あけて

言《い》いました。

「三《み》つあみですか」
「そうなの。ミナちゃんは、かみの毛《け》を　二《ふた》つに
わけて、おさげにするの」
「ほほう。じゃあ、きょうは、かみの毛《け》を
三《みっ》つに　わけているのかも」
「三《みっ》つ！」
あかねは　おもわず　笑《わら》ってしまいました。
「ミナちゃんの　三《み》つあみは、いつも
二《ふた》つなのよ」
「いやいや、きょうは　四《よっ》つかも」

あかねは、かみの毛《け》を　四《よっ》つに　むすんだ
ミナちゃんを　そうぞうして、
大笑《おおわら》いしてしまいました。カエルは
知《し》らん顔《かお》で、また　虫《むし》を　つかまえて
ゴクリと　のみこんでいます。
あかねは、カエルの　ことが
知《し》りたくなりました。
「ねえ。あなたが　まっているのって、もしかして
虫《むし》?」
「まさか、まさか」

「大《おお》きな　ちょうちょうとか。あなた
食《く》いしんぼうみたいだから」
「ちょうちょうなんて。あれは　ちょっと
こなっぽくて」
カエルは、ごほごほと　せきこみました。

「ねえ。だれを　まっているの？」

「知《し》りたいですか」

「知《し》りたい！」

カエルは、もったいぶったように　ゆっくりと
すわりなおすと、

「わたしが　まっているのは、なかまたちですよ」

と、言《い》いました。

「なかまたちって、たくさん　いるの？」

「そりゃあ、もちろん」

「十《じっ》ぴきくらい？」

「いやいや、もっと」

「千《せん》びきくらい？」

「いやいや、もっと」

「百万《ひゃくまん》びきくらい？」

「さあ、どうかな」

あかねは　千《せん》びきの、もしかしたら　百万《ひゃくまん》びきの
カエルの　むれを　そうぞうして、
どきどきしました。
一列《いちれつ》に　ならんで　来《く》るかしら。
むれになって　おしよせて　来《く》るかしら。
空《そら》から　ふってきたら　どうしよう。
目《め》を　とじると、百万《ひゃくまん》びきの　カエルが
あたり　一面《いちめん》に　広《ひろ》がって　とびはねています。

ぐわぐわ！
がこがこ！
カエルの　声《こえ》に　地面《じめん》が　ふるえているみたい。
あかねと　ミナちゃんは、ふまないように　気《き》を
つけながら、ぶつからないように　気《き》を
つけながら、百万《ひゃくまん》びきの　カエルの　あいだを
にげています。

あかねは、いてもたっても　いられなくて、
立《た》ちあがると　その場《ば》で　なんども
とびはねました。
ダン！　ダン！　ダン！
「ぐわっ！　あぶない！」
カエルは　あわてて、石《いし》の　かげに
かくれました。あかねも　あわてて、
とびのきました。
「ああ、ごめんなさい」
あかねは、そっと　石《いし》の　かげを

のぞきました。カエルは　かくれたまま、
返事《へんじ》もしてくれません。
「わざとじゃないのよ。たくさんの　カエルを
そうぞうしたら、楽《たの》しくなって
ジャンプしてしまったの」

カエルは　少《すこ》しだけ　顔《かお》を　出《だ》すと、
「ちょっと、せなかを　かいてくれませんか」
と、言《い》いました。
「さっきから、かゆくて。かいてくれたら、
ゆるしてあげます」
カエルは　石《いし》の　かげから　出《で》てくると、
ぷいっと　あかねに　背《せ》を　むけました。カエルの
せなかなんて　かいた　ことが　ありません。
あかねは　少《すこ》し　考《かんが》えて、
「これで　いいかしら」

と、小指《こゆび》で　せなかを　小《ちい》さく　たたいて
あげました。カエルは、気持《きも》ち　よさそうに
「ぐふう」と　みじかく　なきました。カエルの
せなかは　やわらかくて、
しっとりとしていました。

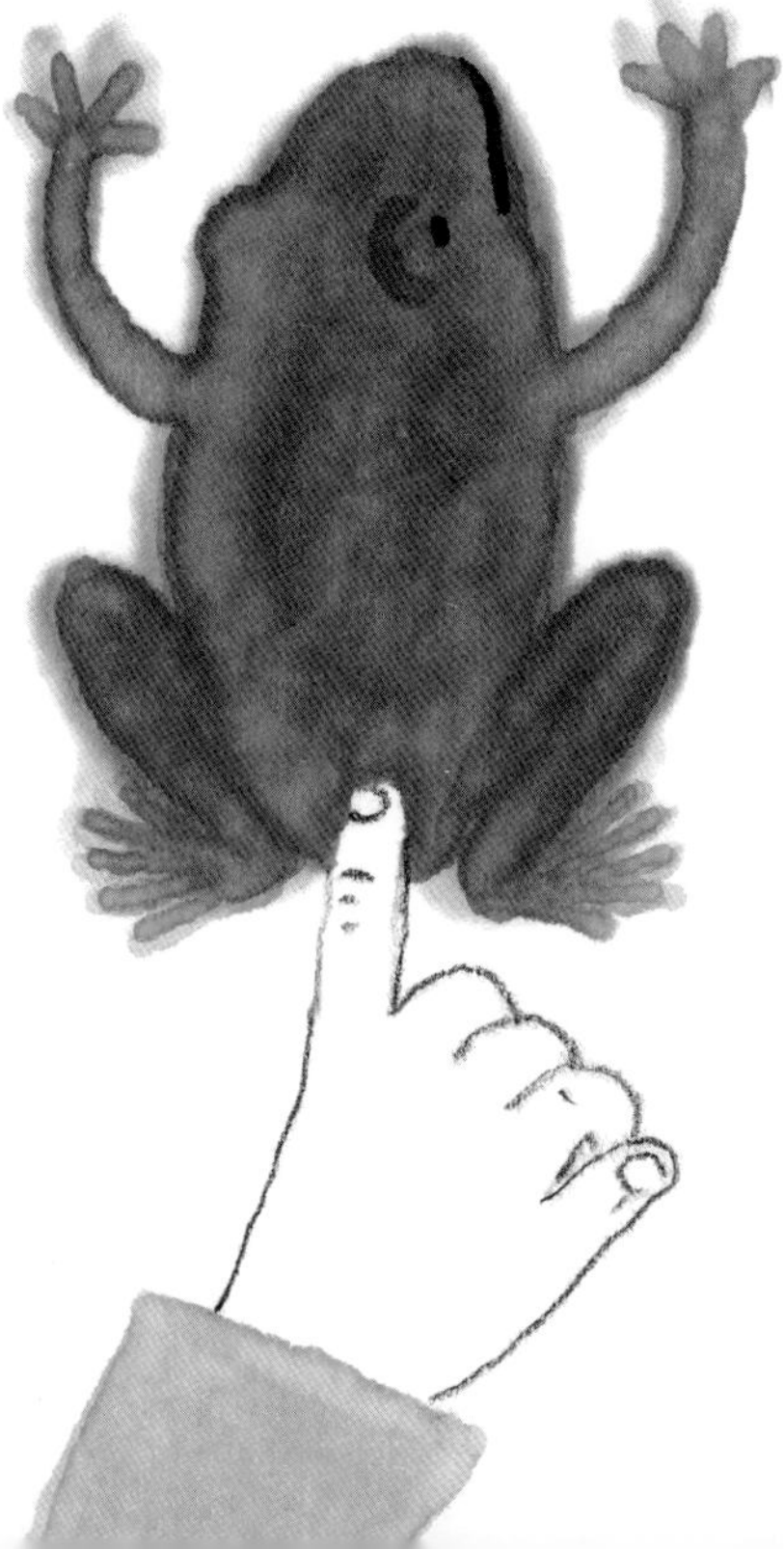

せなかを　やさしく　たたいていると、ふいに
カエルが　背《せ》すじを　のばしました。

「どうしたの？」

「ああ、とうとう」

カエルは、おちつかない　ようすです。

あかねまで、そわそわしてきました。

「もしかして、なかまが　来《き》たの？」

「そのようです。ああ、来《き》ました。来《き》ました」

カエルは、おさきに、と　言《い》うと、むこうがわの田《た》んぼへ　むかって、ぺたぺたと　道《みち》を　わたって行《い》きました。あかねも　あとを　ついて行《い》きました。百万《ひゃくまん》びきの　カエルがやって来《き》たのでしょうか。あかねは　カエルのとなりに　しゃがみこんで、水《みず》の　入《はい》った田《た》んぼを　のぞきこんでみます。すると、

「わ！」
かげの　ような　黒《くろ》い　ものが　たくさん！
小《ちい》さな　オタマジャクシたちが、ちょうど
卵《たまご》から　出《で》てくる　ところでした。

ああ、カエルは　このときを　まっていたんだ。

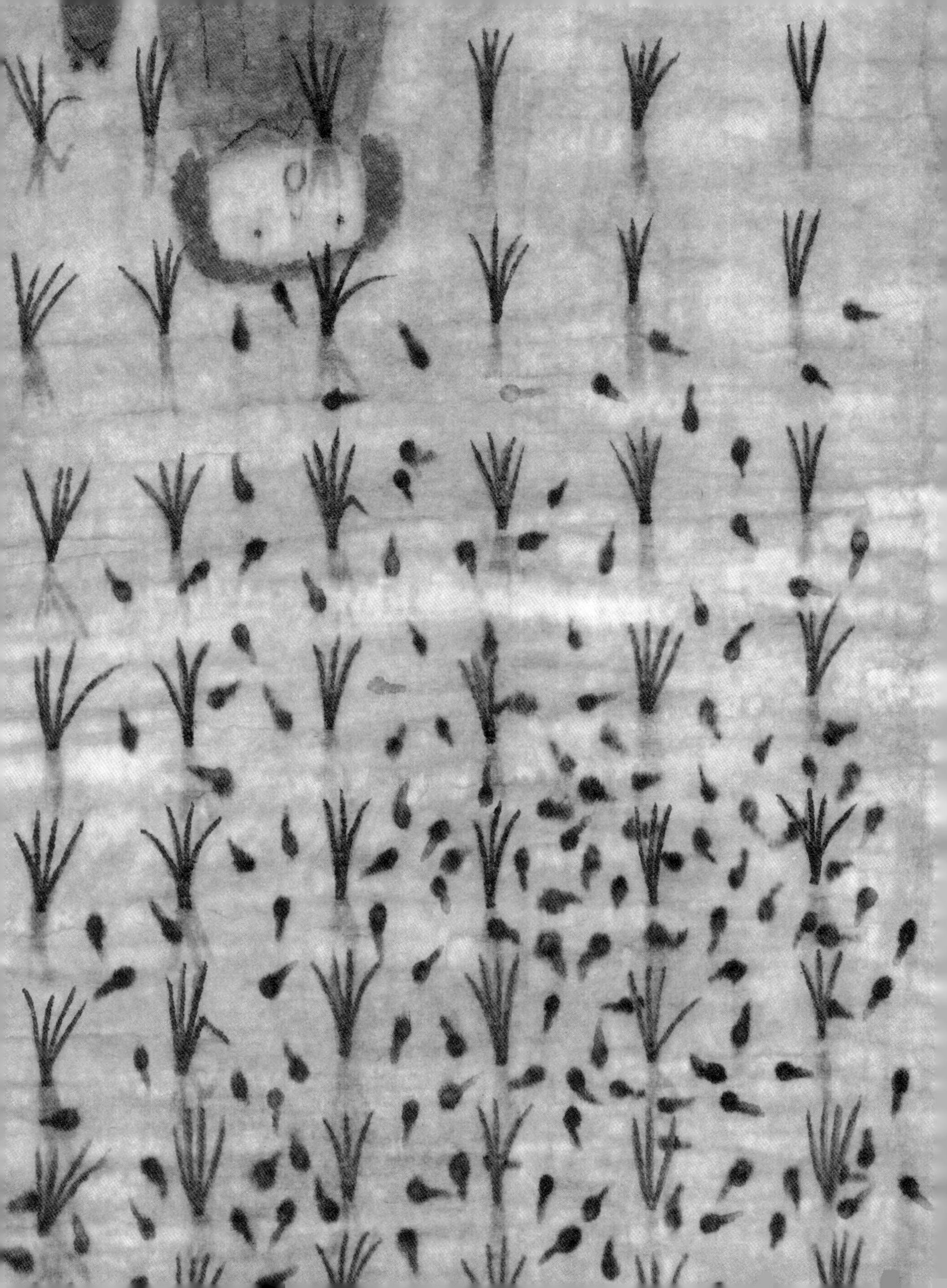

この　オタマジャクシたちが、いつか
百万《ひゃくまん》びきの　カエルになって　とびだす
すがたを　そうぞうすると、あかねは
なんとも　たのもしくて　ゆかいな　気持《きも》ちに
なりました。カエルも、おなじ　ことを
考《かんが》えているのでしょうか。まんぞくそうに　目《め》を
ほそめています。

あかねは、カエルが　どんな　気持《きも》ちで
三日《みっか》も　まちつづけていたのか、少《すこ》し
わかったような　気《き》がしました。

あかねは、おじぞうさんの　ところに
もどって、また　地面《じめん》に
ぺたんと　すわりました。
気持《きも》ちの　いい　風《かぜ》が
ふいてきて、そよそよと　世界《せかい》を
ゆらしていきます。あおい　草《くさ》の
においがして、あかねは
大《おお》きく　いきを　すいこみました。

「あれ？」

あかねは　目《め》を　こらしました。

道《みち》の　ずっと　むこうから、小《ちい》さな　かげが

はしってきます。あかねは　立《た》ちあがって、

ぐんと　背《せ》のびをしてみました。三《み》つあみが

二《ふた》つ　はねているようですが、あれは

もしかして、ミナちゃんでしょうか。

さく●**大久保雨咲**（おおくぼ うさぎ）

三重県生まれ。
第21回ニッサン童話と絵本の
グランプリ優秀賞受賞。
光村図書出版「飛ぶ教室」
第9回作品募集優秀作入選。
メリーゴーランド「童話塾」出身。
本書がデビュー作になる。

え●**高橋和枝**（たかはし かずえ）

神奈川県生まれ。東京学芸大学卒業。
作品に「くまくまちゃん」シリーズ
（ポプラ社）「もりのゆうびんポスト」
（そうえん社）などがある。

デザイン●**ランドリーグラフィックス**

まいにちおはなし 10

ずっとまっていると

2011年6月 第1刷

さく 大久保雨咲（おおくぼ うさぎ） え 高橋和枝（たかはし かずえ）

発行者 福島 清
発行所 株式会社そうえん社
〒160-0015 東京都新宿区大京町 22-1
営業 03-5362-5150（TEL）03-3359-2647（FAX） 編集 03-3357-2219（TEL）
ホームページ http://www.soensha.co.jp 振替 00140-4-46366
印 刷 瞬報社写真印刷株式会社 製 本 株式会社若林製本工場

N.D.C.913 / 64p / 20×16cm ISBN978-4-88264-479-8 Printed in Japan